D1433757

DE DAG DAT IK SPINNEN LEERDE TEMMEN

JUTTA RICHTER

De dag dat ik spinnen leerde temmen

lannoo

Voor mijn moeder, van wie ik heb geleerd te herinneren.
Voor mijn vader, die uit een verhaal altijd nog iets meer meedraagt.
Voor Herbert en iedereen die gelooft in zijn slaap zijn leven
te kunnen verliezen.
En in het bijzonder voor Lena, de schatzoekster.

www.lannoo.com
Omslagontwerp Studio Lannoo
Omslagillustratie Dieter Wiesmüller
Oorspronkelijke Uitgever Carl Hanser Verlag, München
Oorspronkelijke titel Der Tag, als ich lernte die Spinnen zu zähmen
Uit het Duits vertaald door Litera bvba, Maldegem
© Uitgeverij Lannoo nv, Tielt, 2002
D/2002/300 – ISBN 90 209 4984 5 – NUR 283

Rainer woonde in de flat onder ons.

We noemden hem manke teckel. Zo iemand was hij. Een spelbreker. Een slappeling. Een heel lelijk mormel.

Hij kon je zo besluipen, snuffelde alsmaar rond, wilde altijd met ons meespelen.

Echt een manke teckel.

En dan zijn handen! Ze waren zo ruw als de klauwen van een grasparkiet. Met bloederig opengesprongen knokkels en afgebeten vingernagels.

Hij peuterde bovendien in zijn neus, waar hij ook liep of stond. Dan stak hij dat snot in zijn mond en at het op. Het maakte hem niets uit of iemand het zag of niet.

We waren met zijn vieren. Hansi Pfeifer, Martina Thiemann, Michael Franke en ik.

We woonden allemaal in de Burgstraat. Net naast het viaduct. Als de treinen over het viaduct reden, rinkelden de glazen in onze keukenkast. Mijn vader kon voor de vuist weg zeggen dat de trein van 16.04 uur vandaag vertraging had. Of hij zei zonder op zijn horloge te kijken: 'Dat was de trein van 19.26 uur.'

Mijn vader kende de dienstregeling uit zijn hoofd.

Hansi Pfeifer had een spoorboekje.

Er liep een pad van de straat naar het midden van de spoordijk en dan onder de eerste boog van het viaduct. Daar bevond zich het hellend platform. Het was net breed genoeg om erop te kunnen zitten, met onze rug tegen de koude, vochtige stenen gedrukt. Daar zaten we 's middags te wachten tot er iets gebeurde.

Boven reden de treinen en onder ons de vrachtwagens van het bouwbedrijf van oom Arnold.

Als er een vrachtwagen voorbijreed, gooiden we steentjes op de laadbak. Dan remden en vloekten de chauffeurs en keken ze achterom. We drukten ons plat tegen de muur en hielden onze adem in. Meer gebeurde er nooit.

Martina Thiemann heeft hem voor het eerst manke teckel genoemd.

'Weten jullie hoe hij loopt? Hij loopt als een teckel,' giechelde ze. 'Als een manke teckel!'

Ze sloeg de spijker op de kop. Zijn voeten stonden naar binnen gedraaid en hij had heel kromme benen.

'Inderdaad, zoals een manke teckel,' knikte Hansi Pfeifer. 'Hij moet goed oppassen dat hij niet op zijn muil valt.'

Boven ons reed de trein van 16.58 uur voorbij.

In het hondenasiel keften de honden.

'Die keffen uit verveling,' zei mijn vader altijd. 'Dieren weten niet wat heimwee is.'

Maar ik wist helemaal niet zeker of ik dat wou geloven.

Plotseling stond hij voor ons. Hij stond voor ons en spuugde op de grond. In zijn hand hield hij een dikke kei.

'Kom hier, brilslang!' zei hij tegen Hansi Pfeifer. 'We zullen eens zien wie er dan op zijn muil valt!'

Hansi Pfeifer staarde hem aan. Zijn ogen achter de dikke brillenglazen besloegen sowieso het grootste deel van zijn gezicht. Maar nu hij ze opensperde uit angst, leken ze nog groter.

Michael Franke wou opspringen, maar daarvoor had hij niet genoeg plaats. Voor hem dreigde het ravijn van de straat. Daar stond de teckel: een lijkbleek gezicht, woedende ogen, zijn lippen zo hard op elkaar geperst dat je alleen nog een smalle streep ontwaarde... en toen hief hij zijn hand met de steen omhoog...

*

Het was toch allemaal anders begonnen.

Toen de zomer nog maar pas in het land was, toen alles felgroen en eindeloos leek.

Het was begonnen toen er bij ons in de kelder een kelderkat school.

Ze had vurige ogen en was zo groot als een luipaard.

De kat zat helemaal achter in de kelder, op het oude ledikant naast papa's bierkrat. En ze zat daar altijd.

De grote mensen zeiden: 'Stel je niet zo aan!' of: 'Jij met je fantasie altijd!'

Mijn oma dacht dat het kwam omdat ik te veel boeken las. 'Dat kind verpest haar ogen nog eens.'

Mijn vader zei dan lachend: 'Gekrulde haren, gekrulde zinnen.'

Maar de ogen van de kelderkat op het oude ledikant gloeiden in het donker wanneer ik twee flesjes bier moest gaan halen.

Niemand zag haar, behalve ik, en toch was ze er.

Ik was bang, ik wou nooit meer naar de kelder. Mijn moeder zei dat ik te lui was, gemakzuchtig en lui.

'Dat kind wil niet eens aardappelen gaan halen. Het is een regelrechte ramp.'

'Kom dan mee!' smeekte ik. 'Eén keertje maar.'

'Goed dan,' zei moeder, 'maar dan ga ik weer zelf, hoewel het jouw taak is...'

Toch kwam ze mee. Ze liep voor me, opende de ijzeren deur, met daarachter de steile keldertrap, en knipte het licht aan. De gloeilamp met het draadgaas gaf maar weinig licht. Er lagen te veel dode vliegen in.

Moeder duwde me naar voren.

'Nou, waar zit die kelderkat van jou?' vroeg ze geërgerd. 'Laat me zien waar ze zit. Ik hoop dat je niet gelogen hebt, want anders...'

Ik kneep mijn ogen samen. Ik wilde haar helemaal niet aankijken. Ik merkte dat ik klamme handen kreeg en mijn hart klopte zo hard dat ik de circulatiepomp niet eens meer hoorde zoemen.

'Daar!' zei ik en wees naar het oude ledikant. 'Daar zit ze altijd!'

'Daar zit niks!' zei mijn moeder. 'Helemaal niks!'

Ze liep drie passen naar voren. De kelderkat siste.

'Kijk uit, mama!' wou ik roepen, maar er kwam geen geluid over mijn lippen. Het leek wel alsof ik verlamd was. Verlamd door angst.

De haren van de kelderkat kwamen overeind. Ze zag er plotseling tweemaal zo groot uit. Een panter was een schootpoesje in vergelijking met haar. Ze kromde haar rug. Haar staart kwispelde dreigend.

Mijn moeder stond nu precies voor de kat en wilde met haar hand op het ledikant kloppen. Ze zou de kelderkat geslagen hebben, maar toen hoorden we ineens 'pst' en was het pikdonker.

Ik slaakte een kreet. Ik was bang dat de kelderkat mijn moeder zou aanvallen. Dan zou alle hulp te laat komen. Ik zou mijn moeder nog in geen honderd jaar hebben kunnen helpen. Ik was immers nog maar een kind.

'Stil,' zei mama en ze nam mijn hand. 'Rustig, het was gewoon de zekering!'

Toen leidde ze me langzaam de keldertrap op, opende de zware ijzeren deur, en het was weer licht.

'Je bent echt een angsthaasje,' zei ze en gaf me een dikke knuffel. 'Er zijn geen kelderkatten. Gisteren niet, vandaag niet en morgen ook niet.'

Maar ze had ongelijk.

Er waren klopgeesten. Er waren spoken die in de klerenkast woonden. Er waren heksen met bochels en wratten, zoals weduwe Wehbold, die kijvend aan het tuinhek stond en met haar stok dreigde als ik 's middags ging rolschaatsen.

Er was zelfs een duivel. Hij heette mijnheer Pohling en woonde in de Tilsiterstraat. Hij droeg rare schoenen, heel hoog dichtgesnoerd, en hinkte. Zijn hoorntjes verborg hij onder zijn bruine, breedgerande, vilten hoed.

Ik wist wat ik wist en ik zag wat ik zag. Ik was liever een angsthaas dan me te laten opvreten door de kelderkat.

Alles zou bij het oude gebleven zijn als Rainer niet bij ons was komen wonen.

Rainer was iets ouder dan ik en met domme meiden wou hij eigenlijk niets te maken hebben. Ik had geluk dat ik nog niet tot de domme meiden behoorde. Die waren ten minste een jaar ouder, liepen altijd met zijn tweeën en konden alleen maar giechelen.

'Zo, meisje,' zei Rainer toen ik met de aardappelpot door het trappenhuis sloop. 'Ben je bang?'

Ik slikte en Rainer vroeg: 'Waarvoor?'

Ik vertelde hem over de kelderkat. Hij luisterde aandachtig zonder te grijnzen. Hij schudde niet eens zijn hoofd. Hij luisterde gewoon en knikte, alsof de kelderkatten in de keuken woonden waar hij vandaan kwam.

'Wil je haar zien?' vroeg ik.

'Reken maar,' zei Rainer. Hij trok zijn neppistool uit zijn broeksband en liep wat wijdbeens, zoals de sheriffs in de Amerikaanse westerns. Het was een gek gezicht. Maar ik was allang blij dat hij vooropliep.

Ik had het gevoel dat hij me tegen de kelderkat kon beschermen. Ik was ervan overtuigd dat ze daar zat en op ons wachtte.

Zachtjes deden we de zware ijzeren deur open en slopen met ingehouden adem de trap af. Ik bleef dicht bij Rainer, zo dicht zelfs dat ik hem kon ruiken.

Hij rook naar klei, gras en bommetjes: een beetje zuur en een beetje zoet. Ik kon hem vertrouwen.

'Verroer geen vin!' fluisterde hij. 'Daar zit ze!'

Hij wees met zijn speelgoedcolt naar het ledikant.

10

'Verdorie! Zo'n grote heb ik nog nooit gezien! Dat is de grootste kelderkat van de wereld!'

'En nu?' vroeg ik.

Rainer wees naar het kelderraam.

'Sluip daarheen en doe het raam open,' fluisterde hij. 'Maar verlies de kat niet uit het oog!'

Mijn hart maakte een sprongetje. Ik durfde het bijna niet, maar toen keek ik hem aan en wou geen angsthaas zijn. Ik sloop voorzichtig naar het raam en schoof langzaam de grendel naar beneden. De kelderkat was hoogstens een meter van mij verwijderd.

'Als ik begin te schieten, moet je roepen!' siste Rainer me toe. 'Zo hard als je kunt!'

Ik hoorde hoe hij met een klik de colt schietklaar maakte.

'Nu!'

Hij knalde en ik schreeuwde en ik schreeuwde en hij knalde.

De kelderkat sprong op en vluchtte met haar staart in de lucht richting kelderraam.

Ze stuitte tegen het traliehek, schoof naar beneden, nam een nieuwe aanloop en verdween sissend naar de achterplaats.

'Klaar is Kees!' zei Rainer en grijnsde. 'Ben je nog bang, meid?'

'Waarvoor?' grijnsde ik terug.

'Precies wat ik bedoel,' zei Rainer. We hadden vriendschap gesloten.

11

Het speelde zich af toen ik nog schattenjager was en mijn schatten in een sigarenkist bewaarde. Knikkers en zelfklevende plaatjes, slakkenhuisjes, duivenveren en kleine felblauw gestipte vogeleieren die uit de nesten gedonderd waren.

De schatkist was mijn belangrijkste bezit. Ik had hem altijd bij me. Als ik verdrietig was, klapte ik gewoon het deksel omhoog, nam er een groene knikker uit en hield hem tegen het licht.

Hij fonkelde als een smaragd en de wereld was weer vol geheimen.

'Jij met je verzameling glasscherven,' zei mijn vader altijd. 'Je zult je nog eens snijden! Gooi die rommel toch eindelijk eens weg!'

Mijn vader was wel een kei wat dienstregelingen betrof, maar daar hield het ook op.

Voor hem was een scherf een scherf en een hond een hond. Scherven waren waardeloos en gevaarlijk en honden waren dieren zonder heimwee.

Tijdens de zonsondergang zag ik het grote vuur aan de hemel. Een teken dat de engelen in de hemelse bakkerij daarboven koekjes aan het bakken waren.

Als ik dan heel stil bij het raam stond en naar het vuur keek, vergaten mijn ouders me wel eens. Dan was ik een tijdje onzichtbaar. Ze praatten dan over dingen die ik niet mocht horen.

'Die arme stakker,' zei moeder. 'Met zo'n kind kun je eigenlijk alleen maar medelijden hebben. Hij is verwaarloosd, zijn moeder bekommert zich niet om hem...'

'Dat is niet zo verwonderlijk,' antwoordde mijn vader. 'Ze is vanaf 's ochtends toch al dronken. Een schande is het. Ik begrijp gewoonweg niet hoe die mensen hierheen konden verhuizen. Het is hier toch een net huis.'

'Maar dat kind kan daar toch niets aan doen,' zei mijn moeder.

'Ik zeg dat de jongen thuishoort in een tehuis,' zei mijn vader. 'Hoe heet hij trouwens?'

'Rainer,' antwoordde ik en ik werd weer zichtbaar. 'Hij is mijn vriend.'

'In je bed!' beval mijn moeder. 'Vergeet niet te bidden!'

Dat zou ik zeker niet vergeten, ook al wist ik toen al niet goed meer wie sterker was: mijn vader of Onze-Lieve-Heer.

In de kleuterklas had zuster Lioba gezegd dat de Lieve Heer almachtig is. Dat zou betekenen dat er niemand sterker is dan Onze-Lieve-Heer.

'De mens wikt, God beschikt.'

Bij ons was dat wel even anders. Bij ons was vaders wil wet.

'De hond moet naar het dierenasiel,' had hij gezegd. 'We kunnen de hond niet naar onze nieuwe flat meenemen.'

Mijn gebed ging als volgt: 'Lieve God, zorg ervoor dat papa Raudi niet naar het dierenasiel brengt.' Elke avond opnieuw: 'Lieve God, zorg ervoor dat papa Raudi niet naar het dierenasiel brengt.'

Maar de Lieve Heer was niet sterk genoeg om mijn vader op andere gedachten te brengen.

De Lieve Heer had verloren en Raudi zat in het dierenasiel en huilde van heimwee.

'Lieve God,' bad ik. 'Lieve God, zorg ervoor dat papa
Rainer niet naar het tehuis brengt.'

*

Huisarrest vond ik altijd een verschrikkelijke straf.

Dan spookten er allerlei woorden in mijn hoofd, zoals
de blokjes van een instortende toren.

Dan lag ik helemaal alleen in mijn kamer op bed. Mijn
vader was op kantoor en mijn moeder ging 'haar hart
luchten' bij tante Ulli.

'Waag je niet naar buiten!' had ze me gezegd. 'Je weet
dat ik aan de buren zal vragen of ze je gezien hebben!'

Ja, ik wist dat ze dat zou doen. Ze zou het aan mevrouw
Thiemann of aan mevrouw Pfeifer vragen.

Door de spleten van de neergelaten rolluiken vielen
zonnestralen naar binnen. Ik zag de stofdeeltjes dansen in
het licht. Buiten hoorde ik de anderen: 'Schipper, mag ik
overvaren?' en: 'Duitsland verklaart Frankrijk de oorlog!'

Het water werd zonder mij overgestoken, de oorlog zonder mij verloren. Rainers stem was het hardst: 'Ik heb
hem!' riep hij en: 'Mijn land!' riep hij.

Ik zou er alles voor overhebben gehad om buiten op
straat te spelen.

De straat behoorde aan de kinderen toe.

We hadden hem in het geheim onder elkaar verdeeld.

Vanaf de seringenstruik tot de muur van de familie Thiemann was het schaarhekjesgedeelte. Dat was van Hansi Pfeifer, omdat achter het schaarhekje het nieuwe huis van Hansi's ouders stond, met daarvoor het grote grasperk dat Hansi's vader elke zaterdag in de zomer maaide.

Vanaf de gevel van de familie Thiemann tot de lantaarn van de familie Franke was de straat van Michael Franke en Martina Thiemann. Die was bijna negen en hoorde eigenlijk bij de domme meiden. In de garage naast het huis verkocht Martina's vader Jacobs koffie en worstjes. Als we voorbijliepen, roken we altijd iets mufs: het rook er naar vochtig karton en plastic koffiedozen.

We huiverden als opa Thiemann met zijn stok naar buiten kwam. Opa Thiemann had namelijk een gat in zijn kale hoofd. Een granaatsplintergat uit de echte oorlog.

Vanaf de lantaarn van de familie Franke tot onze blauwe huisdeur was mijn deel. Daar krasten we met keien de speelvelden in het asfalt, de streep voor Schipper, mag ik overvaren en de kring voor de oorlog.

Op de hoek woonde juffrouw Fantini, de pianolerares, maar dat was ons gebied niet meer. Daar klonk altijd getingel uit de open ramen en 'Schipper, mag ik overvaren?' was te hard voor de gevoelige oren van juffrouw Fantini.

Ik lag op het bed, keek naar de dansende stofdeeltjes en hoorde Rainer mijn naam roepen. Ik stond op, keek door de spleet van de rolluiken en zag hem voor het raam staan.

'Kom buiten, meid!' riep hij. 'We hebben nog iemand nodig om mee te spelen!'

Ik deed alsof ik dood was.

'Die heeft weer huisarrest,' giechelde Martina Thiemann. 'Die heeft toch altijd huisarrest!'

'Dat klopt niet,' zei ik. Verder deed ik er het zwijgen toe, want doden kunnen niet spreken. Ik had zeker niet vaker huisarrest dan Martina Thiemann. Huisarrest kreeg ik alleen als ik te laat kwam en stiekem in mijn bed las. Omdat de batterij van mijn zaklamp leeg was, had ik een kerstkaars onder mijn bed gezet. Mijn vader moest het vuur met mijn deken doven en had 'een week huisarrest!' geroepen.

Het was verschrikkelijk vervelend om te doen alsof je dood was. Ik ging weer op bed liggen en staarde naar het plafond.

Plotseling ontdekte ik een spin.

Hij was minstens zo groot als mijn hand en kroop langzaam over het plafond van mijn kamer, tot hij precies boven mijn gezicht bleef stilzitten. Ik wilde schreeuwen, maar ik kon niet. Ik wilde opspringen, maar ik kon niet. Buiten bleef Rainer mijn naam roepen.

De spin had glanzende dode ogen, die een beetje uitpuilden. Op zijn poten groeiden fijne zwarte haartjes. Hij zat volledig roerloos en staarde me aan. Het was echt de grootste spin die ik ooit gezien had. Het was de grootste spin ter wereld. Hij drukte langzaam een slijmerige zilverdraad uit zijn achterlijf en begon af te dalen.

Ik lag nog altijd perplex. Ik stelde me voor dat hij me zou strikken in een web, zoals de vliegen die tijdens de herfst in de spinnenwebben aan het schaarhekje van Hansi Pfeifer hingen.

Er stonden zweetdruppeltjes op mijn voorhoofd en ik stikte bijna door de krop in mijn keel. De spin kwam alsmaar dichterbij en werd alsmaar groter. Toen hij bijna mijn gezicht raakte, kon ik plotseling schreeuwen.

Ik schreeuwde, veerde op en trok aan de grijze riem van het rolluik dat zwierig naar boven suisde. Tegelijk trok ik het raam open, scheurde daarbij het gordijn en plotseling hoorde ik mezelf 'Rainer!' roepen.

Hij aarzelde geen seconde, nam een korte aanloop en sprong over de vensterbank in de kamer.

Ik wees naar de spin.

'Verdorie,' zei Rainer. 'Een monsterspin!'

'Doe toch iets,' zei ik.

Ik zag dat Rainer nadacht en dat maakte me rustiger.

Buiten stonden Martina Thiemann en Hansi Pfeifer. Ze zetten grote ogen op. Martina's mond viel open en ze beet op haar tong. Ze zag er nog stommer uit dan anders.

'Wacht eventjes,' zei Rainer. 'Ik heb een idee!'

Hij trok een doosje lucifers uit zijn broekzak, kieperde de lucifers weg en trok het doosje open.

'Daar past de spin nooit in!' zei ik.

'Wacht maar!' antwoordde Rainer.

Hij sloop langzaam in de richting van het bed. Hij bleef heel rustig en bijna geloofde ik hem.

Iemand die zich zo beweegt, maakt geen fouten. Toch sidderde mijn hele lichaam.

'En als hij je bijt?'

Geen antwoord.

'Klak' deed het luciferdoosje. De monsterspin was verdwenen.

'Ziezo!' zei Rainer. Hij grijnsde precies zoals die keer in de kelder. Ik kon het spleetje tussen zijn snijtanden zien en ik bewonderde hem.

Mijn vader deed me een schildpad cadeau.

'Ik hoop dat je nu eindelijk ophoudt met treuren om Raudi,' zei hij. 'Nu kun je aan iets anders denken en verantwoordelijkheid dragen!'

Het was een koude, trage schildpad die haar kop altijd introk als ik met haar wou spreken. Ik noemde haar Amanda. Dat was de enige naam die ik kon verzinnen voor zo veel verveling.

Amanda zat in een kartonnen doos die met zand bestrooid was.

Met haar tandeloze bek trok ze blaadjes sla naar binnen. Meer deed ze niet. Als ik haar op haar rug legde, zwaaide ze met haar schubbige poten. Mijn moeder vond dat dierengesar. 'Lach nooit om een dier, want het dier voelt jouw plezier.'

Hansi Pfeifer zei dat Amanda een Griekse landschildpad was en Griekse landschildpadden konden wel honderdvijftig jaar oud worden.

Ik stelde me voor dat ik mijn hele leven voor die schildpad zou moeten zorgen.

'In de winter niet,' zei Hansi Pfeifer. 'Schildpadden houden dan een winterslaap.'

Nu was het nog altijd zomer. Mijn opa had een brede zinken band gelast waarin Amanda in de voortuin kon grazen.

Naast ons was leraar Franke een nieuwe garage aan het bouwen. Hij had een put voor de fundering uitgegraven en op het bouwbedrijf van oom Arnold draaide de grote betonmolen de hele middag.

Toen ik Amanda 's avonds wou binnenhalen, was de band leeg.

'Stomweg verdwaald,' zei Rainer. 'In het beton!'

Hij wees naar de sporen in het vers gegoten beton die plotseling ophielden.

Amanda was onder de zinken band gekropen en had zich veel te ver gewaagd. Er viel een last van mijn schouders.

'Ratten zijn gek,' zei Hansi Pfeifer.

We zaten op de stoeprand voor het schaarhekje. Het was een zomerse zaterdagmiddag en Hansi's vader pufte met de grasmachine door de tuin.

'Hoe bedoel je?' vroeg Rainer.

Hansi Pfeifer keek hem aan. Door zijn dikke brillenglazen had hij heel grote ogen. Daardoor keek hij ook nu weer met een bange blik.

'Ratten,' zei Hansi, 'zijn de slimste dieren ter wereld.'

'Waar haal je dat nu weer vandaan?' vroeg ik.

'Heb ik gelezen,' antwoordde Hansi. 'Staat in het boek dat ik op mijn verlanglijstje voor mijn verjaardag gezet heb.'

'Jakkes!' Rainer proestte het uit. 'Onze brilslang wil een boek over ratten voor zijn verjaardag! Dat begrijp ik niet!'

Hansi Pfeifer zag er wat boos uit. Alleen boezemvrienden mochten hem brilslang noemen en Rainer was geen boezemvriend. Maar de ratten waren belangrijker, dus hij slikte even en zei toen: 'Ratten zijn zelfs slimmer dan mensen. Als een rat gif gegeten heeft en verrekt van de pijn, dan waarschuwt hij de anderen en die eten het gif dan niet op!'

'Aha, dan kunnen ratten ook praten?' grinnikte Rainer. Hij begon in zijn neus te peuteren. 'Da's interessant.'

'Op hun manier kunnen ze dat,' antwoordde Hansi. 'Ze hebben een fluittaaltje.'

Ik kreeg er koude rillingen van.

Ratten waren gevaarlijk. Ratten zaten in aardappelkratten. Ratten waren walgelijk. Ik wist heel zeker dat ratten ook mensen opaten. Tijdens de oorlog. Dat had opa Thiemann ons verteld: In de loopgraven... waar de soldaten dood lagen te bloeden... toen kwamen de ratten... Ik durf er niet meer aan te denken.

'Kunnen jullie niet over iets anders praten?'

'Ga toch naar mama!' zei Hansi Pfeifer. 'Bovendien is er ook een rattenkoning.'

20

Rainer stak het snot in zijn mond en tikte met zijn vinger tegen zijn voorhoofd. 'Is het sprookjestijd of zo?'

'De rattenkoning bestaat uit ratten waarvan de staarten in elkaar verward geraakt zijn,' verklaarde Hansi. 'Dat gebeurt soms wanneer de jongere ratten met elkaar vechten. Normaal moeten die ratten sterven, omdat ze geen voedsel kunnen zoeken. Maar de andere ratten brengen hun voedsel en zo kunnen ze overleven en zelfs vrij oud worden. Daarmee is wetenschappelijk bewezen dat het sociale gedrag van ratten op dat van mensen lijkt.'

Ik zag dat Rainers hersenen op volle toeren draaiden. Nu was hij onder de indruk.

'Ongelooflijk,' zei hij. 'Als dat klopt...'

De grasmachine was uitgeschakeld en Hansi Pfeifers vader riep.

'Verdorie,' zei Hansi. 'Nu moet ik het gras bij elkaar harken.' Hij stond met duidelijke tegenzin op en slenterde naar huis.

'Geloof jij dat verhaal over de rattenkoning?' vroeg ik Rainer.

Hij haalde zijn schouders op. 'Weet ik niet,' antwoordde hij. 'Maar ik weet wel waar er ratten zitten.'

Er liep een rilling over mijn rug. Rainer had plotseling een gevaarlijke glinstering in zijn ogen. Ik had kunnen weten waar hij naartoe wou. Voor hij iets kon uitbrengen, veerde ik op.

'Nee!' riep ik. 'Nee! Daar ik ga ik van mijn leven niet heen!'

'Lafaard!' siste Rainer. 'Jij bent geen haar beter dan de domme meiden. Ik had het kunnen weten! Meisjes blijven meisjes!'

Ik stond te trappelen en beet op mijn onderlip. Het liefst was ik onzichtbaar geworden.

'Wie heeft de kelderkat verjaagd?' vroeg Rainer. 'Wie heeft de monsterspin uit de weg geruimd? Vergeet niet met wie je te maken hebt: de expert die alle levende dieren kan vangen! De scherpste scherpschutter van het Wilde Westen! En jij wilt hem knijpen! Nou, ga dan maar weg! Maar denk niet dat ik nog een woord tegen je zeg! In mijn team speel je ook niet meer! Kun je leuk met de domme meiden meedoen!'

Ik twijfelde. Als ratten even slim waren als mensen, dan waren ze zeker ook slimmer dan Rainer.

Maar als ik niet meeging, zou ik mijn vriend verliezen. Misschien wel voor altijd.

Dat was beslist erger dan een rattenkoning ontmoeten.

'Al goed,' zei ik stil. 'Dan ga ik wel mee.'

In het centrum luidden de klokken van de zaterdagse avondmis. De gierzwaluwen vlogen rond de garage van Thiemann. Uit het raam van juffrouw Fantini weerklonk klassieke muziek. Alles bleef bij het oude.

Rainer ging het hoekje om, waar onder aan de spoordijk het spookhuis stond.

Voor zover ik weet, heeft er nog nooit iemand in gewoond. Alle vensterramen waren ingegooid en aan de huisdeur hing een geel bord met een zwarte rand:

22

'Toegang verboden! Ouders zijn aansprakelijk voor hun kinderen. De eigenaar.'

Het was ten strengste verboden om het spookhuis te betreden.

Mijn vader had gezegd: 'Als ik je daar ooit tegenkom, dan zwaait er wat.'

Dat was de ergste straf van allemaal. Tienmaal erger dan huisarrest.

Vrijwillig zou ik het spookhuis nooit binnen zijn gegaan. Opa Thiemann had het verhaal van het verstikte kind niet zomaar verteld: 'Langgeleden... door zijn eigen moeder... in dit huis... met een hoofdkussen... op het gezicht van het kind gedrukt... tot het niet meer bewoog.'

'Blijf hier staan,' zei Rainer. Hij keek in alle richtingen en sloop naar het huis.

De straat was verlaten. Ik hoopte stiekem dat hij zonder mij het spookhuis binnen zou gaan, maar hij knikte en riep: 'Kom snel!'

Hij trok me achter het huis en wees naar een open raam. 'Daardoor! Nu!'

We klommen over de vensterbank en stonden in een donkere kamer. Overal waren er gaten: in de houten vloer, in het plafond van de kamer. Aan de muren hingen flarden behangselpapier met een verbleekt bloemenmotief. Het rook er muf en het was er kil. Ik was zo bang dat ik me misselijk voelde.

Maar dat mocht ik natuurlijk niet laten zien.

Rainer klapte in zijn handen en zei: 'Kst, kst!' En nog eens: 'Kst, kst!'

In het huis hoorde ik ergens iets ritselen.

'Hoor je de ratten?' vroeg Rainer.

Ik stond daar met ingehouden adem en luisterde. Vlak boven onze hoofden hoorde ik iets trippelen.

Kort daarop klonk een zacht gepiep.

'Kom,' fluisterde Rainer. 'We gaan naar boven. Maar wees stil!'

Hij nam mijn hand en we slopen voorzichtig door de kamer tot we in een kleine gang stonden. Een trap zonder leuning leidde naar de volgende verdieping. Bij elke knarsende trede stopten we. Mijn hand rustte bezweet in Rainers hand en ik voelde mijn hart tot in mijn vingertoppen bonzen.

Een eeuwigheid later stonden we op de bovenste overloop.

Mijn ogen hadden zich aan het schemerlicht aangepast. Daardoor zag ik haar als eerste.

Ik kneep in Rainers hand en knikte met mijn hoofd in haar richting.

Het was een grote grijze rat met een dikke, kale staart. Ze zat volledig roerloos op een versleten matras en keek ons met haar glanzende, bolle ogen oplettend aan.

Haar snuit en haar snorharen trilden lichtjes. Ze snuffelde, ze rook onze aanwezigheid.

Ik had nog nooit zo dicht bij een rat gestaan en begreep plotseling wat Hansi Pfeifer bedoelde. De rat zag er erg slim uit. Ze was vast slimmer dan ik. Ze was zeker slimmer dan Rainer.

We bewogen niet. De rat bewoog niet.

Plotseling merkte ik dat er iets aan de hand was met Rainer. Hij trilde, zijn ademhaling versnelde. Hij zoog de lucht naar binnen en maakte daarbij heel vreemde geluiden. Een soort gepiep en gereutel. Het leek wel alsof hij zou stikken, zijn gezicht was verwrongen, hij zag eruit alsof hij een lelijk gezicht trok. Het was akelig.

Het liefst had ik me omgedraaid en was ik weggelopen. Tegelijk wist ik dat ik nu het voortouw moest nemen. Ik moest Rainer helpen.

Toen ik dat besefte, groeide in mijn hazenhartje een reuzenmoed.

Ik kneep in zijn hand en sleurde hem terug naar de bovenste trede. In heel rustige, voorzichtige, langzame bewegingen. Zo had ik het de leeuwentemmers in het circus ook zien doen.

Ik leidde Rainer achterwaarts de trap af. Ik wist dat je verloren bent als je je omdraait. Dan zou de rat in onze nek springen en zich vastbijten.

Het duurde een eeuwigheid voor we eindelijk beneden waren en ons konden omdraaien. Ik wou naar het raam rennen en naar buiten klimmen.

Maar Rainer kon niet. Hij snakte naar lucht en zijn lippen waren blauw geworden. Hij steunde met zijn handen op de vensterbank en liet zijn hoofd hangen. Hij hijgde nog altijd. Zijn smalle rug ging zwaar op en neer.

Toen zag ik dat Rainer huilde, heel zachtjes huilde. Zijn tranen druppelden in het stof.

Op een bepaald ogenblik begon hij weer rustiger te ademen. Dat was het moment om voorzichtig uit het raam te klimmen.

Rainer kon niets uitbrengen. Hij nam alleen mijn hand en hield die stevig vast. We liepen om het spookhuis heen en pas onder het raam van juffrouw Fantini liet hij mijn hand weer los.

'Verrekte astma,' zei hij en hij probeerde te grijnzen.

Hij gaf me een por in mijn zij en zei: 'Maar je bent wel dapper, meid! Eigenlijk net zo moedig als een jongen...'

Toen ben ik weggelopen...

Er waren drie manieren om te ontsnappen aan erge dingen: weglopen, je ogen hard dichtknijpen of je adem inhouden. In heel erge gevallen moest ik twee dingen combineren: mijn ogen hard dichtknijpen en mijn adem inhouden. Of mijn ogen hard dichtknijpen en weglopen. Of weglopen en mijn adem inhouden.

Dat had tot die bewuste dag geholpen.

Nu werkte het niet meer.

Rainers scheve grijns bleef me achtervolgen. Rainers scheve grijns zag ik zelfs met mijn ogen hard dichtgeknepen. Rainers grijns verscheen in mijn hoofd als ik mijn adem inhield. Ik zag steeds weer zijn verwrongen gezicht, de diepe rimpels in zijn voorhoofd toen hij naar adem hapte. Alsof hij een lelijk gezicht zou trekken. Een lelijk, gemeen duivelsgezicht.

Ik zat op de trede voor de deur van onze flat te huilen.

Er was niemand die de deur voor me opendeed, niemand die me bij de arm nam, niemand die me uitlegde wat astma betekende.

Later, toen de voordeur eindelijk openging en ik de hoge hakken van mijn moeder in het trappenhuis hoorde, was het al bijna donker. De verlichting in de gang flikkerde op en deed de treden glinsteren. De sleutelbos klingelde en daar stond ze dan.

'Waar was je?'

'Bij Rainer!'

'Nietes, waar was je?'

'Ik was met Rainer bij de spoordijk!'

'Nietes, waar was je?'

'Ik heb met Rainer bij de spoordijk gespeeld!'

'Daar was je niet, je liegt!'

'Ik lieg niet, mama!'

'Welles! Ga naar je kamer!'

Nu had ik nog meer redenen om te huilen. Nu was ik bang en boos. Hoe wist ze dat we naar het spookhuis gegaan waren? We hadden toch overal op gelet. De straat was toch leeg, er was geen mens te bespeuren!

Mijn vader kon elk ogenblik thuiskomen. Dan zou mijn moeder hem op de hoogte brengen. Van mij, de leugenaar, zijn eigen vlees en bloed. Van ons bezoek aan het spookhuis. En waar het eindigen moest?

'Gisbert, waar moet dat eindigen? Ze doet alles wat in haar opkomt en kijkt brutaal recht in mijn ogen terwijl ze liegt.'

Vader zou knikken, onwillig. Kun je niet gewoon met rust gelaten worden, als je van je werk komt?

Ze deden altijd alsof ze alles wisten en eigenlijk wisten ze niets. Helemaal niets.

Toen de trein van 19.26 uur voorbijreed, klapte ik het deksel van de schatkist open. Mijn kostbare knikker was ovaal en had twee kleine luchtblaasjes die in het smaragdgroen ingesloten waren. Als ik die glasscherf voor mijn oog hield, dan zag ik de dingen door de blaasjes op hun kop. De wereld werd omgedraaid en dan was er niets meer waarvoor ik bang hoefde te zijn.

Ik hield de knikker voor mijn oog en zag dat de kamerdeur openzwaaide. Mijn vader liep op zijn hoofd en wandelde op me af.

Ik wachtte op zijn stem, maar hij zweeg. Met zijn voet schoof hij de prullenmand voor mijn bed. Zwijgend nam hij de schatkist van de tafel, kieperde hem leeg en zette hem voor zich op de omgedraaide grond.

Hij trapte er maar twee keer op. Ik hoorde het hout breken en dacht dat het mijn hart was.

Hoewel ik de knikker nog altijd in mijn hand hield, stond de wereld allang weer rechtop. Mijn vader keek me aan. Ik probeerde de knikker in mijn vuist te verbergen, maar het was te laat. Mijn vader trok mijn vingers uit elkaar, nam de scherf, opende het raam en keilde de knikker ver de nacht in.

'Zo,' zei hij, terwijl hij het gordijn dichtdeed. 'Ik hoop dat je dat onthoudt.'

Er waren erge straffen, ergere straffen en allerergste straffen. Allerergste straffen waren net als Rainers astma. Ze deden me naar lucht happen. Ik lag op mijn bed en snikte tot mijn longen pijn deden. Toen ging mijn kamerdeur zachtjes open en kwam mijn moeder op de rand van mijn bed zitten. 'Doe dat nooit meer!' zei ze en ze legde haar arm om me heen. 'Kijk me eens aan!' Ze tilde mijn kin omhoog. Ik snotterde, mijn onderlip trilde, maar ik keek haar recht in de ogen. 'Het is al goed,' zuchtte ze, 'het is al goed! Weet je, je kunt toch niet eeuwig schatten blijven zoeken! Je bent toch al groot.'

*

Michael Franke had een boog gemaakt. Hij woonde nu in het Wilde Westen en noemde zich Adelaarsoog, het opperhoofd van de Sioux-indianen. Martina Thiemann mocht zijn squaw zijn, omdat ze voor haar verjaardag een indianentent gekregen had. Ze heette nu Kleine Bloem en zag er met haar zelf gevlochten hoofdband achter haar flaporen weer vrij idioot uit. Bovendien droeg ze haar nieuwe babypop in een doek op haar rug gebonden en dat was behoorlijk onpraktisch. Vooral wanneer we 'Schipper, mag ik overvaren?' speelden. Want de babypop gleed alsmaar uit de doek en Martina Thiemann krijste 'geldt niet!' als ze afgetikt werd. 'Stomme gans!' zei Rainer.

29

Michael Franke ging voor hem staan: 'Hou je erbuiten, snotvreter!'

Rainer balde zijn vuisten: 'Zeg dat nog eens!'

'Snotvreter!'

'Klootzak!'

'Snotvreter!'

'Hondsvot!'

'Dat ga ik tegen mijn mama zeggen!' krijste Martina Thiemann.

Michael Franke kookte van woede. Hij was ten minste een kop groter dan Rainer.

Hij leek na te denken en zei heel langzaam, heel zacht en heel duidelijk: 'En... dat... je... moeder... een... bezopen... hoer... is... dat... weet... hier... ook... iedereen... en... je... vader...'

Verder kwam hij niet. Rainer had uitgehaald en bliksemsnel toegeslagen.

Toegeslagen zonder na te denken, toegeslagen zonder af te remmen, toegeslagen met alle kracht die hij in zich had. Een kracht waartoe niemand hem in staat zou achten, omdat hij er zo smal en breekbaar uitzag.

Michael Franke kermde en viel om. We hoorden zijn hoofd op de stoeprand vallen, een doffe plof, zoals het geluid dat mijn vader maakte als hij een wijnfles opende.

Toen lag hij stil, onbeweeglijk, zijn gezicht was helemaal wit en uit zijn mondhoeken drupte een mengeling van speeksel en bloed.

We stonden aan de grond genageld. Ik zag de reuzenogen van Hansi Pfeifer, de halfopen mond van Martina

Thiemann. We stonden daar wortel te schieten en staarden naar Michael Franke. Vanuit mijn ooghoeken zag ik Rainer weglopen alsof zijn leven ervan afhing.

Toen de trein van 16.48 uur voorbijreed, begon Martina Thiemann te schreeuwen. Haar schreeuw was schril en bleef maar duren. Ik dacht dat ze ooit toch eens adem moest halen, maar dat deed ze niet.

Hansi Pfeifer huilde en ik was het liefst ook weggelopen.

Martina schreeuwde en juffrouw Fantini opende als eerste haar raam. Ze hing ver voorover en sloot het raam weer.

Weduwe Wehbold opende haar tuinhek en strompelde naar ons toe, al steunend op haar stok. Haar vrije hand stak ze dreigend in de lucht. Tegelijkertijd werd de voordeur van de familie Thiemann opengetrokken en mijnheer Franke liep de trappen af, op de hielen gezeten door mevrouw Thiemann.

Nu zag ik ook mijn moeder uit het slaapkamerraam turen. Een ogenblik later stond ze naast mij. Mijnheer Pohling kwam net om de hoek gelopen.

Michael bewoog nog steeds niet. Mijnheer Franke zat op zijn knieën naast hem.

'God allemachtig,' stamelde mijn moeder. 'Wat hebben jullie nu gedaan!?'

'Bel een ambulance!' brulde mijnheer Franke. 'We hebben onmiddellijk een ambulance nodig!'

'De ambulance!' zei juffrouw Fantini buiten adem. 'Ik heb meteen gebeld! De ambulance!'

Ook zij stond opeens naast mij. Hansi Pfeifer ging met een krijtwit gezicht op de stoeprand zitten. Martina Thiemann begroef haar gezicht in de schoot van haar moeder. Ze kon alleen nog maar snikken en de babypop op haar rug maakte bij elke snik een sprongetje, alsof ze leefde.

Mijnheer Franke streek Michaels haar uit zijn ogen en mat zijn polsslag.

'Is hij dood?' fluisterde ik.

'Sst.' Mijn moeder legde haar hand op mijn mond.

Ondertussen was mijnheer Pohling met zijn hoge veterschoenen bij ons aangekomen.

'Ongelukje?' ratelde hij. 'Potverdorie, die knaap ziet er slecht uit!'

Hij had weer zijn gebruikelijke bruine, breedgerande hoed op.

Ik zag zijn duivels flitsende ogen en maakte, zonder dat iemand het zag, met mijn wijsvinger een kruis in zijn richting.

In de verte huilde de sirene van de ambulance.

Mijnheer Franke had een knalrood hoofd en de dikke ader in zijn slaap bonsde. Plotseling sprong hij op, greep Hansi Pfeifer bij zijn schouders en schudde hem door elkaar.

'Wie was het?' brulde hij. 'Ik wil weten wie het was! Pfeifer, jij gaat me nu meteen zeggen wie de dader was!'

Het geluid van de sirene kwam dichterbij.

Op de plaats waar Hansi zat werd het lichtgrijze asfalt donker en er vormde zich een plas in de goot.

'He... he... het was Ra... Ra... Rainer,' stotterde hij.

Mijnheer Franke liet hem los.

Weduwe Wehbold schudde haar hoofd.

'Zie je wel,' zei ze toen.

'Ik heb het altijd al gezegd: de appel valt niet ver van de boom! Als je zijn vader kent... Dan verbaast dit je toch niet. Met zulke mensen zouden we ons niet mogen inlaten.'

Ik zag mevrouw Thiemann knikken.

Maar Rainer was mijn vriend.

Ik hield mijn adem in en kneep mijn ogen hard dicht. Toen deed ik beide tegelijk. Het hielp weer niet. Nadat de ambulance met gierende banden tot stilstand was gekomen, moest ik plotseling aan mijn schatkist denken. Ik wou mijn knikker terug en ik dacht tegelijk aan wat mijn moeder gezegd had: 'Je kunt toch niet eeuwig schatten blijven zoeken! Je bent toch al groot.'

Maar ik was niet het minste beetje groot en ik wist heel zeker dat ik het nooit wou worden.

Ze legden Michael Franke op een brancard, snoerden hem vast en schoven hem in de ambulance. Mijnheer Franke stapte ook in.

'Dit spelletje is nog niet afgelopen,' zei hij en toen klapte hij de deur van de ambulance dicht.

Toen de ambulance uit het zicht verdwenen was, zei mevrouw Thiemann dat dit eigenlijk wel te verwachten was geweest.

'Niets verkeerds aan een glaasje wijn 's avonds, dat drinkt iedereen graag en dat is gezellig, u weet wel wat ik bedoel.' Ze kirde eventjes, alsof ze iets ongepasts gezegd had, en ik vond dat ze net zo giechelde als Martina.

'Maar op klaarlichte dag en dan als vrouw... en de gordijnen, hebt u die gordijnen al eens bekeken?'

'Net wat u zegt! Die vrouw is een schandvlek!' tierde weduwe Wehbold. 'Een schandvlek herken je altijd aan de gordijnen. Ze zijn nog nooit gewassen. De hele tijd nog niet. Om nog maar te zwijgen van de ramen. Maar wel heren ontvangen tot laat in de nacht...'

Nu gingen ze minder hard praten en staken hun hoofden bij elkaar.

Ik liet de hand van mijn moeder los, en glipte tussen juffrouw Fantini en mevrouw Thiemann door om naast Hansi Pfeifer op de rand van de stoeprand te gaan zitten.

Hansi was gestopt met huilen.

'Verdomme,' zei hij, 'nu heb ik ook nog in mijn broek geplast.'

'Dat is toch niet zo erg,' probeerde ik hem te troosten. 'Dat zou mij ook overkomen zijn.'

'Maar meisjes mogen dat doen!' zei Hansi en hij schudde zijn hoofd.

*

Die nacht kon ik de slaap niet vatten. Ik lag in bed en zag hoe de straatlantaarn de patronen van het gordijn op de muur aftekende.

'Vergeet niet voor Michael Franke te bidden!' had mama me opgedragen voordat ik haar een nachtzoen gaf.

Ik had voor beiden gebeden. Voor Michael Franke en voor Rainer... en voor Rainer zelfs een beetje meer. In de radiator gorgelden de luchtblaasjes. Ik zag voortdurend het bleke gezicht van Michael Franke en het streepje bloed met spuug dat uit zijn mond liep. Buiten reed een auto voorbij. Het gordijnenpatroon verplaatste zich eerst naar de hoek van de kamer en daarna gleed het langzaam terug.

'Lieve Heer,' bad ik, 'lieve God, zorg ervoor dat ik eindelijk kan slapen!'

Overal was het stil, behalve in mijn hoofd. Daar was het een en al chaos.

Een spelletje! Dit spelletje is nog niet afgelopen! Wat had mijnheer Franke daarmee bedoeld?

We hadden toch helemaal niet gespeeld? Toen Rainer toesloeg en Michael zich niet meer bewoog, toen Martina Thiemann zo gehuild had en Hansi Pfeifer in zijn broek geplast had, dat was toch geen spel?

Een schandvlek! Wat was een schandvlek? En waarom herken je een schandvlek altijd aan de gordijnen? Wat was er mis met de gordijnen van Rainers moeder?

En mannen die tot laat in de nacht op bezoek kwamen, dat hadden wij ook meegemaakt, toen oom Hubert en oom Werner samen met mijn vader de fles whisky soldaat gemaakt hadden. 'Zelfs een dier weet wanneer het genoeg heeft!' had mijn moeder gekift en mijn vader had op de bank moeten slapen.

Maar toch waren wij geen schandvlek. Wij waren keurige mensen met nette gordijnen.

Ik wist dat alle woorden nog een tweede betekenis hadden. Een betekenis die wij, kinderen, niet konden begrijpen, alleen volwassenen. Ze spraken een geheime taal. De vrouwen aan de melkkar en de mannen achter de tuinhekken.

'Dat wordt nog wat,' riepen de mannen elkaar toe terwijl ze bleven doorgraven. De vrouwen aan de melkkar dempten hun stem, knikten naar rechts of naar links en zeiden: 'Tussen die twee hangt iets in de lucht!'

Waarschijnlijk ben je groot als je eindelijk geleerd hebt om die geheime taal te begrijpen, dacht ik. Ik vroeg me af of Rainer die taal al wel begreep, of Hansi Pfeifer of Martina Thiemann of Michael Franke.

Ik hoorde de luchtblaasjes in de radiator gorgelen en viel eindelijk in slaap.

In mijn droom wou ik vliegen. Ik balanceerde op de smalle steunmuur onder de boog van het viaduct en bewoog mijn armen zoals een grote vogel.

Onder mij lag de straat, zes meter diep, waar de vrachtwagens van het bouwbedrijf van oom Arnold reden in een lange slang, zoals de colonnes legervoertuigen op de autosnelweg. De vrachtwagens waren met glinsterende keien beladen. Als ik naar beneden viel, zouden ze over me heen rijden.

Die nacht balanceerde ik op de smalle steunmuur onder de boog van het viaduct en toen ik me omdraaide, stond Rainer achter me. Hij hijgde en snakte naar adem, want mijnheer Franke had zijn grote handen om Rainers nek gelegd. 'Dit spelletje is nog niet afgelopen,' snauwde hij. 'Dit spelletje is nog niet afgelopen!'

Rainer probeerde dichter bij me te komen om zich aan me vast te houden. 'Help me! Help me toch!' kuchte hij. Ik ging opzij, maar er was geen plaats meer, want mijnheer Pohling kwam van de andere kant. Hij wuifde met zijn bruine hoed en ik kon de duivelshoorntjes zien.

'Nog even en dan heb ik je te pakken!' riep hij. Achter hem weergalmde de heksenlach van weduwe Wehbold.

Ze strekten hun handen naar me uit en ik fladderde voor mijn leven.

Pas op het laatste ogenblik kon ik me afzetten.

Ik viel naar beneden, vermande me en vloog toen als een vogel door de boog van het viaduct, over het treinspoor, over de boomtoppen, over de weiden langs de rivier. Hoger, alsmaar hoger, tot ik geen stemmen meer hoorde en alleen nog de wind in mijn oren suisde.

*

De volgende dag was Michael Franke niet op school.

Rainer was er ook niet.

Martina Thiemann en Hansi Pfeifer hadden op weg naar school de hele tijd tien passen voor me uit gelopen. Op mijn 'wacht toch!' had ik geen antwoord gekregen en toen ik ze probeerde in te halen, begonnen ze harder te lopen.

In de godsdienstles vertelde vicaris Wittkamp het verhaal van Kaïn en Abel. Hij vertelde dat Kaïn en Abel een reukoffer aan God schonken. We wisten wel niet wat een reukoffer was, maar dat van Abel was God beter bevallen, zei vicaris Wittkamp en hij vertelde dat Kaïn en Abel daarover geruzied hadden en uiteindelijk had Kaïn een steen genomen en zijn broer Abel in een blinde woedeaanval doodgeslagen.

Vicaris Wittkamp liet een betekenisvolle pauze vallen. Hoewel hij Rainer en Michael Franke niet noemde, hadden wij het gevoel dat dit Kaïn-en-Abelgedoe er op de ene of de andere manier iets mee te maken had. We bewogen ons niet, trokken ons hoofd in en wachtten.

'Jullie geloven zeker,' zei vicaris Wittkamp, 'dat het verhaal hier eindigt.' Hij wachtte tot we knikten, glimlachte toen vriendelijk en schudde zijn hoofd.

'Nee, kinderen,' zei hij, 'dit verhaal is nog niet helemaal ten einde. Nadat Kaïn zijn broer doodgeslagen had, riep Gods stem vanuit de hemel en vroeg: "Kaïn, waar is je broer Abel?" Kaïn haalde zijn schouders op en antwoordde: "Ik weet het niet! Ben ik dan de bewaker van mijn broer?"'

Martina Thiemann stak haar vinger op om iets te vragen.

'Ja, Martina?' vroeg vicaris Wittkamp.

'Hij liegt! Hij weet heel goed waar Abel is! Hij wil gewoon niet gestraft worden!'

'Juist, Martina!' zei vicaris Wittkamp, 'en dat heeft God ook tegen Kaïn gezegd. Hij heeft gezegd: "Ik weet heel goed wat je gedaan hebt, en daarom vervloek ik je! Je zult nergens meer thuis zijn, je zult de wereld rondzwerven. Dat is je straf."'

Martina Thiemann werd niet zo vaak geprezen en toen ze me triomfantelijk aankeek, stak ik mijn tong uit. Vicaris Wittkamp schudde afwijzend zijn hoofd en kwam naast me staan.

Heel zacht legde hij zijn hand in mijn nek en drukte toen zijn harde, scherpe vingertoppen in mijn huid. Terwijl ik mijn schouders optrok en mij in zijn bankschroefgreep bevond, vertelde vicaris Wittkamp gewoon door, alsof er niets aan de hand was, alsof hij me geen pijn deed, alsof hij niet alsmaar harder drukte. Hij vertelde met zijn zachte priesterstem dat Kaïn God gesmeekt had om hem zijn thuis niet te ontnemen. 'Als ik nergens bij hoor, zullen de anderen me doodslaan!' heeft Kaïn gezegd. 'Toen heeft God een teken op zijn voorhoofd geplaatst,' zei vicaris Wittkamp, 'zodat niemand hem dood zou slaan en Kaïn zijn hele leven zou kunnen boeten.'

Tijdens de pauze wees Martina Thiemann opeens met haar vinger naar mij.

'Die daar!' zei ze hard. 'Die daar is toch zijn vriendin! Die daar houdt toch zijn handje vast!'

Terwijl ik op het vervolg wachtte van het spelletje van mijnheer Franke, maakte Rainer zich onzichtbaar.

Buiten luidde de klok van de melkkar en mama stopte de melkkan in mijn handen.

Ik ging erheen, wachtte op mijn beurt en luisterde naar het geroddel.

'Whiplash,' zei mevrouw Thiemann tegen de vrouwen bij de melkkar. De vrouwen zuchtten en zeiden: 'De arme stakker.' Toen wierpen ze een blik in mijn richting, staken hun hoofden bij elkaar en fluisterden zachtjes, terwijl melkman Velten de melk in onze kannen goot. Zoals altijd droeg hij zijn witte stofjas. Hij had rode handen zo groot als schoppen.

Melkman Velten reikte me de kan aan en legde het wisselgeld op de toonbank.

'Hoe vreselijk!' zei hij toen. 'Groetjes aan je moeder!'

Ik knikte en ging terug. De melkkan was tot aan de rand gevuld en ik moest heel langzaam lopen om geen druppel te morsen.

Whiplash klonk gevaarlijk. Veel gevaarlijker dan armbreuk of beenbreuk. Whip-lash.

Mama had gezegd dat Michael Franke erg ziek was. Hij was nog niet uit het ziekenhuis ontslagen, maar het woord whiplash had ze niet gebruikt.

Links op de weide achter het schaarhekje zat Hansi Pfeifer een dik boek te lezen.

Toen ik voorbijliep, keek hij op. Ik had graag met hem gepraat, misschien wist hij hoe gevaarlijk een whiplash was, misschien kon hij me alles uitleggen. Ik stak mijn hand in de lucht en wenkte hem. Hansi Pfeifer deed alsof hij me niet zag. Hij keek gewoon de andere kant op, sprong toen plotseling op en rende zijn huis binnen. Er reed een vrachtwagen van oom Arnolds bouwbedrijf voorbij.

In de Tilsiterstraat doorkliefde mijnheer Pohling met zijn cirkelzaag de middag. Dat deed hij elke keer als de hemel diepblauw was en de zon scheen als vandaag. 'Dan blijft het hout goed droog!' had mijn vader uitgelegd. Maar ook ditmaal wou ik hem niet geloven.

Ik stelde me voor dat mijnheer Pohling bij elk schril geluid van de cirkelzaag een stuk van de blauwe hemel zaagde. Want de duivel moet ook zijn werk uitvoeren. Maar de zon bleef schijnen en deed de hete lucht boven het asfalt zinderen.

Aan de buitenkant van de melkkan liepen waterdruppeltjes naar beneden die op mijn been vielen. Die verfrissing luchtte op.

Bij de familie Franke waren de rolluiken naar beneden gelaten. Ze waren ongetwijfeld in het ziekenhuis bij Michael. Het keukenraam van de familie Thiemann stond wijdopen. Er stond een radio aan en ik hoorde het gekletter van borden.

Ik moest aan Michaels moeder denken. Ze zag er altijd uit als Sneeuwwitje in mijn sprookjesboek. Maar ze was geen prinses, ze was een kwezel. Dat had mijn vader op een avond gezegd, toen ze me vergeten waren en ik roerloos bij het raam van de woonkamer stond.

Mijn vader hield duidelijk niet van kwezels. 'Die werkt me echt op de zenuwen met haar eeuwige collectes en haar vrome gedoe altijd! Nog even en er verschijnt een aureool boven haar hoofd!' zei hij. Mijn moeder had haar lippen op elkaar geknepen en geantwoord: 'Gisbert, je doet die vrouw onrecht aan.'

'Tweemaal per jaar naar Lourdes!' Mijn vader had zijn hoofd geschud. 'Twee keer per jaar naar Lourdes, dat is toch niet normaal!'

'Dat is een bedevaart. Ik heb horen zeggen dat het er heel mooi en pittoresk is,' argumenteerde mijn moeder. 'Ze bidden daar tot de heilige Maagd Maria en...'

'Kruipen op hun knieën de berg op en nu zouden wij dat ook moeten doen. Geen sprake van!' had mijn vader gezegd. 'We rijden naar de Noordzee!'

Die beslissing bracht me in de zevende hemel, want het was tijdens de vakantie vast leuker om zandkastelen te bouwen dan op je knieën een berg op te kruipen. Ook al kreeg je geen aureool als je zandkastelen bouwde.

De moeder van Michael Franke vertelde elke keer opnieuw over haar bedevaarten naar Lourdes. Haar ogen begonnen dan te glinsteren en haar wangen stonden vol rode vlekken.

Ach, vicaris Wittkamp was een fantastische reisleider en de kloosters waarin ze overnacht hadden waren gewoon fenomenaal. 'En dan dat landschap, gewoon onbeschrijflijk!'

Na de een of de andere zondagsdienst had ze in haar handtas gegraaid en er een klein flesje uit opgediept. Dat had ze in de handen van mijn moeder gestopt en erbij verteld dat daarin heilig water uit Lourdes zat. Je kon het gebruiken bij ernstige ziekten. Moeder Gods had zo al een paar wonderen verricht. Mijn moeder had het flesje in de badkamer in de medicijnkast gezet, naast de pijnstillers.

Terwijl het water van de melkkan op mijn been druppelde, stelde ik me voor hoe mevrouw Franke nu het heilige water uit Lourdes over Michaels hoofd goot in zijn ziekenhuiskamer en ik wenste dat het zou helpen.

In het trappenhuis was het koel en rook het nog altijd een beetje naar middageten.

Buiten lag de straat vervormd achter de dikke glazen stenen.

Voor de deur van Rainers flat bleef ik luisteren. Ergens hoopte ik dat hij naar buiten zou wandelen en grijnzend zou vragen: 'Zo, meisje, hoe gaat het ermee?'

Dan had ik hem het Kaïn-en-Abelverhaal van vicaris Wittkamp verteld en dat Martina Thiemann haar tong uitgestoken had en dat ze me nu 'die daar' noemden.

Hij zou vast gelachen hebben en gezegd: 'Die daar! Die daar vind ik leuk. Die naam past bij jou! En denk daar maar eens aan, die daar: domme meiden heten niet die daar!'

Maar Rainer maakte zich onzichtbaar achter zijn deur en in de flat was het zo stil alsof er niemand meer woonde.

'We gaan!' zei mijn moeder toen de trein van 19.26 uur net voorbij was geraasd.

'Poets je tanden, ga naar bed en vergeet niet te bidden!' Ze tuitte haar lippen en gaf me een voorzichtige nachtzoen. Zo liep haar lippenstift niet uit.

'Als er iets is, bel je maar naar de familie Franke,' zei mijn vader. 'Het telefoonnummer ligt naast de telefoon!'

'Je doet de deur voor niemand open, begrepen!?'

Ik knikte en slikte, en de voordeur viel in het slot. Ik wist dat nu het vervolg van het 'spelletje' zou beginnen.

Ik stond achter het gordijn van het slaapkamerraam en zag mijn ouders de straat uit wandelen. Bij het schaarhekje van de familie Pfeifer bleven ze staan. Ze wachtten op de ouders van Hansi en deden de tuinpoort open. Ik zag hoe ze elkaar begroetten. Hun gezichten stonden ernstig. Toen liepen ze verder, mijn vader naast de vader van Hansi en mijn moeder en de moeder van Hansi volgden op drie meter afstand. Ze gingen de trap op naar de voordeur van de familie Thiemann en ik dacht: het lijkt wel alsof ze naar een feestje gaan. Toen zwaaide de deur open en waren ze verdwenen.

Achter het viaduct trokken dikke, zwarte wolken samen aan de hemel. De lucht had een gele kleur. Hoewel het nog veel te vroeg was, floepten de straatlantaarns aan.

Een bliksemschicht flitste voorbij de klokkentoren, maar er volgde geen donderslag.

Ik begon bang te worden, terwijl de honden in het dierenasiel begonnen te huilen.

Mijn ogen kneep ik hard dicht, maar het hielp niet. Ik hield mijn adem in en het hielp niet. En ik deed allebei tegelijk en het hielp niet!

Ik wou dat ik mijn knikker nog had, dan was de hemel groen geworden en was mijn angst verdwenen. Maar mijn knikker lag onder de struiken, waar ik hem nooit terug zou vinden.

Toen onze hond Raudi nog bij ons woonde, was ik niet zo bang. In de oude woning waren er ook geen kelderkatten en monsterspinnen. Tijdens een onweer sprong Raudi gewoon op mijn bed en troostten we elkaar.

'Ach, Raudi, je hoeft toch niet bang te zijn!' zei ik en dan likte hij mijn hand met zijn zachte tong.

Maar in deze flat was ik bang, want Raudi zat ergens in een dierenasiel net zo hard te huilen als de honden achter het viaduct en wat verder breide mijnheer Franke een vervolg aan ons 'spelletje'.

Buiten stond de lucht stil. Er bewoog geen blad aan de bomen en het werd alsmaar donkerder. Toch durfde ik het licht niet aan te doen.

Want de stroom trok de bliksem aan.

Dat had mijn vader gezegd. Hij had gezegd dat de bliksem inslaat als je tijdens een onweer naar de radio luistert. Hele huizen waren afgebrand, om de eenvoudige reden dat iemand naar de radio wou luisteren terwijl het onweerde. Dat geloofde ik. Want ik had zelf gezien hoe gevaarlijk stroom kon zijn. Toen ik geprobeerd had om de dikke vlezige stengel van een cyclaam in de contactdoos te steken, had die plotseling vonken uitgespuwd en tegelijkertijd had iets me geslagen. Iets onzichtbaars, iets heel, heel sterks. Ik had geschreeuwd en uren later voelde ik nog steeds de pijn in mijn arm.

Een donderslag kraakte boven ons huis, toen stoof er plotseling een windstoot door de straat. Ik zag het stof opwaaien. Nog een bliksemschicht en donderslag, en terwijl de dikke, zware regendruppels langs de ramen naar beneden gleden, dacht ik: nu vergaat de wereld.

Toen klopte er iemand op de deur. Ik hoorde het bijna niet. Op mijn tenen sloop ik naar de hal. Er werd drie keer lang en drie keer kort geklopt, toen weer drie keer lang en drie keer kort, en toen niets meer.

Ik hield mijn adem in en legde mijn oor tegen de deur. Aan de andere kant ademde iemand die heel snel gelopen had.

'Ben je daar?' vroeg Rainer. Hij kuchte. 'Ik weet dat je er bent! Doe open!'

'Ik ben alleen!' antwoordde ik. 'Ik mag de deur niet opendoen!'

'Doe niet zo stom!' zei Rainer. 'Laat me nu maar gewoon binnen!'

Twijfelend duwde ik de klink naar beneden.

'Waarom sta je in het donker?' vroeg hij en hij knipte het licht in de hal aan.

'Omdat anders de bliksem inslaat!' zei ik.

'Wat een onzin! Wie heeft je dat verteld?'

Rainer was kletsnat en aan zijn voeten vormde zich een plas. Zijn grijns was scheef en verlegen. Opnieuw zag ik dat kleine gaatje tussen zijn snijtanden. Hij rook naar natte wol, gras en bommetjes. Plotseling was ik niet meer bang en was alles bijna net als vroeger, toen Michael Franke nog niet op de stoeprand geknald was, toen vicaris Wittkamp het verhaal van Kaïn en Abel nog niet verteld had en Martina Thiemann me nog niet 'die daar' genoemd had. Vroeger, toen er nog geen vervolg kwam op ons spelletje en we nog allemaal samen 'Schipper, mag ik overvaren?' speelden...

'Kom mee naar de badkamer,' zei ik. 'Ik zal je een handdoek geven!'

Buiten donderde het nog altijd, maar geen onweer ter wereld kon me nu nog bang maken.

'Waarom was je niet op school?' vroeg ik toen hij zich droogwreef.

Rainer antwoordde niet. Hij trok alleen maar zijn natte trui uit. Toen zag ik de striemen op zijn rug. Het waren bloederige striemen, het leek wel traliewerk, of het patroon dat ik met mijn vork in mijn bord tekende als er groentestoofpot op het menu stond.

'Wie heeft dat gedaan?'

Rainer haalde zijn schouders op.

'De kelderkat,' zei hij toen. 'De kelderkat heeft weer toegeslagen. Zomaar teruggekomen. Ze zat beneden op het ledikant. Ditmaal was ze sneller dan ik. Je mag haar nooit de rug toekeren, onthou dat goed!'

Hij legde zijn trui op de verwarming en wikkelde zich in de handdoek.

'Maar dat blijft tussen ons!' zei hij en hij keek me aan.

'Beloofd?'

Ik stak drie vingers omhoog. 'Beloofd!'

'Als je me iets te eten kunt geven, geef ik je nog een paar tips om kelderkatten te verjagen.'

'Havervlokken met water, suiker en cacao?'

Hij knikte. 'Maar minstens drie borden!'

Buiten flitsten er nog altijd bliksemschichten door de lucht. Ik nam hem mee naar mijn kamer, we kropen samen in mijn duistere dekenhol, lepelden havervlokken met water, suiker en cacao. Het bleef lange tijd stil tussen ons.

Ik geloofde het verhaal van de kelderkat niet, maar ik wou ook niets anders horen, niets dat misschien nog erger was.

Ik legde mijn hoofd op zijn schouder, de geur van bommetjes drong mijn neusgaten binnen en ik wenste dat alles voor altijd zo zou blijven.

'Kelderkatten zijn gevaarlijker dan je zou denken,' zei Rainer. 'Als ze je aanvallen, wordt het een gevecht op leven en dood. Je moet bijzonder alert zijn. Dat is je enige kans, meid. Je moet sneller zijn dan de kelderkat. Je moet ronddraaien tot ze van je rug valt, en dan in elkaar duiken, zodat ze bij een volgende aanval over je heen vliegt. Je kunt alleen vluchten, terwijl ze springt. En dan... moet je het op een lopen zetten. Lopen voor je leven. En je verbergen op een plek waar ze je niet kan vinden, op een plek waar niemand je kan vinden...'

Ik probeerde me een dergelijke plaats voor te stellen. Waar zou niemand me vinden? Ik kon geen enkele plaats bedenken waar niemand me zou ontdekken. Rainer legde zijn arm om me heen.

'Ik zal je eens vertellen waar niemand je kan vinden,' zei hij. 'Maar eerst moet je zweren dat je het nooit aan iemand vertelt!'

'Ik zweer het!' fluisterde ik terug.

'Op het leven van je moeder?'

'Ik zweer het op het leven van mijn moeder!'

'De plaats waar niemand je vindt,' fluisterde Rainer, 'is altijd de plek waar niemand je zoekt. En de plek waar niemand je zoekt, is altijd een plek dicht bij de persoon die jou zoekt. Snappie?'

Ik schudde mijn hoofd.

'Het is toch doodsimpel,' zei hij. 'Als ik je zoek, dan kun je je het best achter mijn rug verbergen! Als je moeder je zoekt, kun je je het best onder de keukentafel verbergen! Ze zien je niet als je heel dichtbij bent... en dan...'

Hij praatte niet verder. Hij nam mijn hand en ik kon de ruwe, gebarsten huid op zijn knokkels voelen.

Het onweer buiten was weggetrokken. We hoorden de donder nu nog maar stilletjes achter de bergen. Ook de honden in het dierenasiel huilden niet meer.

Ik wist plotseling dat het klopte wat hij zei. Ze hadden mij ook niet gezien toen ik heel dichtbij was, toen ik bij het raam stond en naar de verlichte hemel keek. Je mocht je gewoon niet bewegen, je moest stil en roerloos worden, dan was je veilig. Dan werd je onzichtbaar.

'Met spinnen is het ook heel gemakkelijk!' zei hij plotseling. 'Wil je het weten?'

Ik knikte.

'Je moet ze temmen, snappie?'

'Dat gaat niet!'

'Natuurlijk wel. Het is heel eenvoudig. Eerst moet je de spinnen een tijdje observeren. Op een veilige afstand. Kijken hoe ze hun web weven, hoe ze lopen, waar ze op een prooi zitten te wachten. Ze zitten altijd in een hoek van het net. Ze kunnen oneindig lang wachten. Hoe langer je ernaar kijkt, hoe mooier ze worden. Dat is het begin van het temproces. Op een bepaald ogenblik ontdek je hun perfectie en ga je gewoon dichterbij staan. Het kan wel een paar dagen duren voordat je dat durft. Als je dicht genoeg bij hem bent, moet je je hand net onder de spin houden. Door de warmte van je handen weet de spin dat je leeft. Dan komt hij dichterbij en wil over je vingers kruipen. Maar je mag je hand niet terugtrekken, anders zul je hem nooit kunnen temmen. In het begin kriebelt het een beetje als de spin over je vingers loopt. Maar meer gebeurt er niet. Als je dat eenmaal hebt doorstaan, ben je nooit meer bang voor spinnen. Dan kun je ze zelfs vangen en in luciferdoosjes stoppen... Zoals ik!'

Ik kreeg kippenvel. 'Dat lukt me nooit!'

'Natuurlijk lukt je dat, meid! Je moet alleen willen! Het is mij toch ook gelukt!'

'Wie heeft het jou geleerd?' vroeg ik.

'In het tehuis hebben ze me nog veel meer geleerd!'

Ik schrok bij het woord tehuis. Het herinnerde me aan mijnheer Franke, mijn vader en Raudi in het dierenasiel.

'Welk tehuis?' vroeg ik. 'Zat je in een kooi?'

Hij liet mijn hand los.

'Als je de spinnen getemd hebt, vertel ik het je!' zei hij. Toen geeuwde hij en rolde zich op zijn zij. Ik werd ook heel moe en ging dicht tegen hem aan liggen en toen zijn we allebei in slaap gevallen.

*

Wat je gezworen hebt, dat moet je ook doen. Zelfs als je een mep moet incasseren. Zelfs als je je tong moet afbijten om te kunnen zwijgen. Ik had het gezworen! Ik had zelfs gezworen op het leven van mijn moeder. Als je een belofte brak, dan zou je iets ergs overkomen, zoveel was zeker.

Ik weet niet of dat vandaag nog zo is, maar in die tijd wel.

Ze probeerden het door lief te zijn, maar ik hield de lippen op elkaar. Ze probeerden het door boos te zijn, maar ik zweeg. Ze namen me in de tang, maar ik zweeg. Ze noemden me koppig, maar ik zweeg. Ze sloten me uiteindelijk op, maar ik zweeg nog altijd. Ik hield het bijna niet meer uit. Ik kon de zachtheid van mijn moeder of de beschuldigende blik van mijn vader bijna niet weerstaan.

Ik was opgesloten in mijn kamer. Buiten hoorde ik de stemmen van de anderen op straat. De stem van Hansi Pfeifer en het gegiechel van Martina Thiemann. Ik hoorde hoe ze onder de open ramen stonden en elkaars naam riepen. Ik hoorde de huisdeuren dichtslaan voordat ze elkaar buiten ontmoetten.

'Op straat, op straat,
nergens kan het mooier zijn.
Liever regen op straat
dan in huis zonneschijn.'

Zo stond het in ons leesboek.

Het eerste gedicht. Het eerste gedicht dat we uit ons hoofd leerden. Het eerste gedicht dat ik nooit vergeten ben.

Door dit gedicht had ik iets heel belangrijks geleerd, iets wat ik niemand kon vertellen, omdat ik er geen woorden voor vond. Ik had geleerd dat alles wat opgeschreven wordt, waar is. Want hoewel een vreemde – dode – dichter dit gedicht geschreven had, voelde ik het ook zo aan. Het leek wel alsof hij me persoonlijk kende.

Ik zat in kleermakerszit op mijn bed, in de hoek van de kamer zag ik een spin een web spinnen. Ik ging dichter bij de muur staan. Ik bekeek de spin heel goed, maar ik vond niets moois aan hem. Toen stak ik voorzichtig mijn hand uit en de spin kwam inderdaad dichterbij. Ik trok mijn hand snel weer terug. Ik probeerde het opnieuw. En nog eens en nog eens, maar het lukte me niet.

Dat gebeurde op de tweede middag van mijn opsluiting.

Toen de trein van 18.37 uur voorbij was gereden, riep mijn moeder dat het avondeten klaar was en nam ik me voor om het morgen opnieuw te proberen.

*

'Je moet sneller zijn dan de kelderkat! Dat is de enige kans die je hebt!' had Rainer gezegd.

Toen we wakker werden, wist ik wat hij bedoelde. Ze trokken gewoon de dekens weg. We sliepen zo vast dat ik eerst niet wist wat er gebeurde. Ik zag alleen verblindend licht en ik herkende de stem van mijn vader: 'Daar is hij! Daar is hij! Verdorie, wat heeft hij met ons kind gedaan?'

Mama riep: 'Hij is half naakt! In 's hemelsnaam, half naakt naast ons kind!'

Ik knipperde met mijn ogen en ging rechtop zitten. Slaapdronken wou ik Rainers hand pakken, maar dat lukte niet omdat hij al overeind stond. Ik hoorde mijn vader brullen: 'Grijp hem, Ingrid, hij wil ervandoor gaan! Grijp hem!'

Mijn vader zag er plotseling uit als een grote kelderkat. Mijn vader maakte zich klaar om aan te vallen. Vanuit mijn ooghoeken zag ik hoe hij over Rainer heen sprong, hoe Rainer door zijn benen dook en toen hoorde ik de voordeur dichtslaan.

Het verhoor duurde niet lang. Het verhoor vond plaats in onze woonkamer. Ze hadden me alleen op de grote groene bank met de houten armleuningen gezet.

In de stoel tegenover me zat mijn kelderkatvader, naast hem op de houten stoel mijn moeder met haar smalle lippen. Ze waren allebei razend.

De ader in de slaap van mijn vader was gezwollen toen hij opsprong, mijn schouders vastpakte en me door elkaar schudde, alsof hij alle woorden van de wereld uit mij wou schudden.

'Wat hebben jullie gedaan?' brulde hij. 'Wat heeft die bastaard met jou gedaan? Heeft hij je aangeraakt? Zeg toch iets!'

Toen zei moeder: 'Laat mij maar!' Ze kwam naast me zitten en noemde me musje, legde haar ene arm om mijn schouders en draaide met haar andere hand mijn hoofd om, zodat ik haar recht in de ogen keek.

'Ach, musje, je kunt ons toch alles vertellen! We zijn toch je ouders! Als je weet waar Rainer zich verbergt, dan moet je het ons zeggen. Geloof me, musje, dat is beter voor Rainer. Als je echt zijn vriendin wilt zijn, help hem dan en zeg waar hij is!'

'Ik weet het niet, mama!'

'Ze liegt!' brulde mijn vader.

Mijn moeder wierp hem een boze blik toe.

'Musje, wat heeft Rainer dan gezegd? Jullie moeten toch over iets gepraat hebben!'

'Hij heeft gezegd dat het niet klopt wat papa zegt over die blikseminslag als je naar de radio luistert en dat je best het licht mag aandoen tijdens een onweer!'

'Hij heeft dus gezegd dat het niet klopt wat ik zeg over die blikseminslag...,' echode mijn vader en zijn stem werd vervaarlijk zacht. 'Die bastaard heeft dus het lef om wat ik zeg in twijfel te trekken...'

'Gisbert, beheers je toch alsjeblieft!' onderbrak moeder hem.

'Wat heeft Rainer nog meer verteld, musje?'

'Hij had honger, en toen hebben we havervlokken met water, suiker en cacao gegeten en toen zijn we gewoon in slaap gevallen!'

'Verder is er niets gebeurd dat je me wilt vertellen? Denk toch eens na, musje! Denk toch eens goed na!'

Ik beet op mijn onderlip, maar ontweek haar blik niet. Ik keek in mijn moeders ogen zonder te knipperen. Ik had het immers gezworen. Mama zou sterven als ik iets zou verraden, en mij zou ook iets ergs overkomen. Ik schudde mijn hoofd.

'Het is allemaal gegaan zoals ik verteld heb!'

'Vier weken huisarrest!' blafte mijn vader. 'En nu als de bliksem in je bed!'

'Slaap lekker!' riep mijn moeder me na. 'Vergeet niet te bidden!'

Ze hadden hun verhoor beëindigd en stuurden me nu met de vreemde woorden van hun geheime taal naar mijn donkere kamer. Ik stapte over mijn uiteengescheurde dekenhol en eventjes dacht ik dat ik Rainers bommetjes rook.

Wat was een bastaard?

Waarom mocht Rainer me niet aanraken?

'Vuile handen,' had Michael Franke eens gezegd. 'Die heeft vuile handen!'

Dat was waar ook. Ik vond het niet leuk om zijn hand vast te houden, die ruwe vogelklauwenhand met de bloederige, opengesprongen knokkels...

Maar ik hield wel van zijn bommetjesgeur. En van het spleetje tussen zijn tanden als hij grijnsde. En hij was het toch die de kelderkat verdreven had en hij had me verteld hoe je spinnen temt... En we hadden toch vriendschap gesloten?

Plotseling dook er een heel erge gedachte op in mijn hoofd. Ik wou er niet aan denken, want ik kreeg er koude rillingen van.

'Waarvoor,' dacht ik, 'waarvoor heb je eigenlijk een vriend nodig, als niemand hem kan uitstaan?'

Ik lag in mijn donkere kamer in mijn koude bed en schrok van mezelf.

Maar toen dacht ik verder en ik dacht: vier weken huisarrest midden in de zomer voor een bommetjesgeur...

Vier weken huisarrest midden in de zomer voor drie geheimpjes... Ze noemen je 'die daar', ze lopen weg als je komt en ze staan op als je naast hen gaat zitten... en er wil niemand meer met je spelen: niet 'Schipper, mag ik overvaren?' en ook niet 'Duitsland verklaart Frankrijk de oorlog'.

Dat zou ik beslist niet uithouden en zeker niet voor iemand met vieze vingers, met een schandvlek als moeder, met zulke gordijnen en herenbezoek tot laat in de nacht...

Ik begon te huilen. Ik liet mijn tranen de vrije loop tot ze op waren. Die avond vergat ik voor de eerste keer te bidden.

*

De derde middag van mijn opsluiting hing er een vliegje in het spinnenweb.

Ook die ochtend was Rainer niet op school komen opdagen.

Martina Thiemann en Hansi Pfeifer waren de hele weg naar school vijf passen sneller gelopen dan ik, maar ik had niet meer geprobeerd om ze in te halen.

In de pauze staken ze hun koppen bij elkaar en fluisterden. Toen ik voorbijliep, hoorde ik Martina Thiemann zeggen: 'Maandag mag hij naar huis. Maar hij heeft een halskraag...'

'Praten jullie over Michael Franke?' vroeg ik snel. Ze draaiden me allebei de rug toe, fluisterden verder en deden alsof ik lucht was.

Lucht zijn was veel erger dan 'die daar' zijn. Tegen lucht zijn kon ik niets doen en dat maakte me woedend. Ik stak mijn neus hoog in de lucht, ging naar het speelplein en ging op het muurtje zitten. Vandaag zou het me lukken om de spin te temmen. Zeker weten! Dan zou ik de spin in een leeg luciferdoosje stoppen en hem de volgende morgen op de bank van Martina Thiemann leggen...

Het vliegje in het spinnenweb was al ingesponnen. Waarschijnlijk had de spin die voor zijn ontbijt gegeten. Ik

57

vroeg me af hoe spinnen aten, want de vliegen in de webben zagen er nog heel en ongeschonden uit, ook al waren ze ingesponnen. Rainer zou die vraag kunnen beantwoorden, maar hem kon ik het niet vragen, hij was nergens te bespeuren, de lafaard verstopte zich laf en roerloos ergens heel dicht in de buurt en maakte zich onzichtbaar, terwijl iedereen hem zocht!

De spin zat in het midden van het net. Hij wachtte af.

Ik ging nog dichter bij de spin staan dan gisteren en staarde hem aan. De spin staarde terug, of dat dacht ik in elk geval. De zwarte spinnenogen waren leeg en zielloos en verrieden niets.

Met mijn knikker zou het allemaal een fluitje van een cent geweest zijn. Maar nu lag er alleen een leeg luciferdoosje naast me.

Ik probeerde opnieuw om de spin mooi te vinden, maar ik vond hem niet mooi. Hij had lange, dunne poten die eruitzagen als geknikte zwarte wimpers. Zijn lichaam was klein en rond, zoals een glazen speldenkop.

Voorzichtig schoof ik mijn hand dichterbij. De spin bewoog. Het moest me lukken! Alleen al voor Martina Thiemann. Ik hield mijn hand heel stil. De spin kwam dichterbij. Toen gebeurde het.

Heel plotseling en zo snel dat ik geen tijd meer had om mijn hand terug te trekken, rende hij over de rug van mijn hand.

Ik bewoog mijn hand een beetje en zag dat de spin zich had laten vallen. Helemaal opgerold bengelde hij aan een zilverdraadje boven de geopende luciferdoos. Toen schoof ik het doosje dicht.

Er liep een rilling over mijn rug, niet van afschuw, maar van trots. Het had echt geen pijn gedaan, het had alleen een beetje gekriebeld.

Het was me gelukt! Ik had het echt doorstaan!

Dat gebeurde op de derde dag van mijn opsluiting, op een donderdag. Dat was de dag waarop ik spinnen leerde temmen...

*

De volgende morgen verliet ik de flat vroeger dan anders.

'Cacaogeld inzamelen,' antwoordde ik, toen mijn moeder vroeg waarom.

Ze trok haar wenkbrauwen op en ik zei: 'Eerlijk, mama, het is deze week mijn beurt!'

Buiten steeg de zon net boven de klokkentoren uit. De bloesems in de voortuin waren nog helemaal gesloten. De hemel was stralend blauw, alleen boven de rivier hing nog een fijne mistsluier, maar ook die zou snel verdwijnen. Het rook naar zomergras en ochtenddauw, en de gierzwaluwen vlogen boven het garagedak van mijnheer Franke. Op de spoorwegdam stonden de blauwe lupines in bloei. Op zulke dagen mochten we vroeger naar huis, omdat het 's middags te warm werd, dat kon je 's ochtends al ruiken.

Ik had het luciferdoosje met de spin in een felgekleurd servet gewikkeld.

Straks zou ik het doosje op Martina's plaats leggen en dan zou het niet lang meer duren. Want Martina Thiemann was nieuwsgierig genoeg om het geschenk meteen te openen.

Ik hoorde haar schelle gil al en popelde van ongeduld. Het luchtte op dat die twee niet voor me liepen. Vandaag was ik hen te snel af. Af en toe keek ik om, maar de straat achter me bleef leeg.

Melkman Velten stond voor zijn wit betegelde zuivelwinkel. Hij knikte me vriendelijk toe.

Toen ik op de speelplaats kwam, liep mijnheer Franke me tegemoet.

'Zo, wat krijgen we nu,' zei hij en lachte, 'je bent zeker uit je bed gevallen! Wat kom jij hier nu al doen? Je weet toch dat ik je nog niet binnen mag laten!'

Nee, dat wist ik niet. Verlegen hupte ik van mijn ene been op het andere.

'Trek toch geen zuur gezicht!' zei mijnheer Franke. 'De zon schijnt, het is nu buiten toch veel leuker dan binnen!'

Ik knikte, slikte even, raapte al mijn moed bij elkaar en vroeg: 'Hoe gaat het met Michael?'

Mijnheer Franke glimlachte.

'Beter, meisje, veel beter! Hij mag vandaag al naar huis! Jullie kunnen weer samen spelen!'

Ik kreeg tranen in mijn ogen. Mijnheer Franke keek me aan.

'Wel, wel,' zei hij en legde zijn arm om mijn schouders. 'Huil nu maar niet, meisje. Elk kind heeft toch een beschermengel? Michael kon toevallig rekenen op een bijzonder goede beschermengel!'

Hij liet me los en liep met grote passen over het speelplein naar de lerarenkamer. Ik ging op het muurtje zitten en liet mijn benen bengelen. In de grote pauze, als iedereen de klassen verlaten had, zou ik het luciferdoosje op Martina's bank leggen. Het effect zou hetzelfde zijn. Ik grijnsde en wachtte op Hansi Pfeifer en Martina Thiemann, en ook een beetje op Rainer, hoewel ik niet echt geloofde dat hij weer naar school zou komen.

Als Michael Franke een bijzonder goede beschermengel had, dan had Rainer zeker een bijzonder slechte. Misschien kon zijn eigen beschermengel hem niet eens uitstaan!

Terwijl ik nog een beetje mijmerde over de beschermengelen, kwam Hansi Pfeifer het speelplein op.

Hansi had me ook gezien en rende plotseling naar me toe.

'Weet je al wat er gebeurd is?' zei hij buiten adem.

Ik schudde mijn hoofd.

'Wat dan?'

Hij kwam naast me op het muurtje zitten en haalde adem.

'Opa Thiemann is dood!' zei hij. 'Ze hebben hem vanmorgen in bed gevonden. Echt dood! Martina komt pas later!'

Ik schrok en dacht eerst aan het luciferdoosje in mijn schooltas. Het tweede dat in me opkwam, was het granaatsplintergat in het hoofd van opa Thiemann en de verhalen die hij altijd vertelde: het verhaal van de moeder die in het spookhuis haar eigen kind verstikt had, de rattenverhalen uit de echte oorlog. Ik kreeg kippenvel.

'Mijn moeder heeft gezegd dat hij gewoon ingeslapen is. Ze vond het een mooie dood,' zei Hansi. Hij keek voor zich uit, liet zijn benen bengelen en tobde.

'Geloof jij dat je kunt sterven zonder het te merken?' Ik trok mijn schouders op. 'Geen idee.'

'Maar je moet toch iets voelen als je sterft. Je zou toch tenminste wakker moeten worden. Dat kan toch niet: gewoon inslapen en nooit meer wakker worden!'

'Waarom dan niet?' vroeg ik.

Hansi Pfeifer keek me heel vertwijfeld aan.

'Omdat... als dat echt zo is... dan kan ik toch nooit meer gaan slapen... Nooit meer... snappie?'

'Maar dat hou je niet vol. Dat houdt niemand vol!'

'Dat is het nou net!' zei Hansi.

Martina Thiemann kwam pas in het tweede uur. Je zag dat ze gehuild had en haar gezicht was heel bleek. Ze ging op haar plaats zitten en legde haar hoofd op de tafel. We stonden een beetje verlegen om haar heen, want niemand van ons wist wat hij moest zeggen.

Godzijdank liet de bel niet te lang op zich wachten.

Vicaris Wittkamp was net zo stipt als altijd. Met een handgebaar gebood hij ons om op te staan.

Hij schraapte zijn keel en zei: 'God de Vader heeft vannacht besloten om Martina's grootvader, zijn dienaar Johannes Thiemann, tot zich te roepen in Zijn eeuwige rijk. We zullen nu bidden, opdat God de Vader genadig moge zijn voor deze arme ziel.'

We vouwden onze handen en vicaris Wittkamp zette het onzevader in. Plotseling werd het heel plechtig in de klas. We stonden allemaal kaarsrecht en ditmaal viel er geen enkel potlood van de tafel tijdens het gebed. Ik gluurde naar Martina Thiemann. Ze bad bleek en met gesloten ogen en ik werd bijna een beetje nijdig op haar, omdat ze er zo vroom uitzag.

*

De begrafenis van opa Thiemann was op maandagmiddag om half drie.

Het was weer een bloedhete zomerdag. Weer om in het openluchtzwembad te zwemmen.

Mijn moeder had haar zwarte jurk met gouden knopen aangetrokken en haar zwarte begrafenishoed opgezet. Ik mocht mijn nieuwe zomerjurk aan met mijn witte sokken en mijn zwarte lakschoenen. Ik was opa Thiemann dankbaar, want ze hadden mijn huisarrest beëindigd. Sinds vrijdag had niemand me nog 'die daar' genoemd.

'Het vervelende aan het leven is dat bij rozen ook doornen groeien,' stond in mijn poëziealbum en eigenlijk kon je die zin ook omdraaien: 'Het leuke aan het leven is dat bij doornen ook rozen groeien!' Dat gold ook voor de begrafenis van opa Thiemann.

De paadjes van het kerkhof waren pas geharkt en het dodenklokje van de kerkhofkapel stopte niet met luiden. Ik hield de hand van mijn moeder vast. Ik hoorde een uiltje onafgebroken huilen. Die zin van mijn grootmoeder bleef maar in mijn hoofd rondspoken: 'Telkens als een uiltje huilt, sterft er iemand, onthou dat, kind! En telkens als er iemand sterft, huilt er een uiltje!'

Ik wilde niet tellen hoeveel keer het uiltje huilde.

Hansi Pfeifer had ons eens voorgelezen dat er elke seconde een mens geboren wordt, net zoals er elke seconde een sterft. Ik kon me dat niet voorstellen. Michael Franke en Martina Thiemann ook niet. Alleen Rainer had erom gelachen en gezegd: 'Wie over ossen praat, die droomt over ossen! Pas maar op, brilslang, dat je niet de volgende bent!'

Onder onze schoenen knarsten de kiezels. Voor de kapel stond een zwarte lijkwagen met dikke rubberen banden en een zilveren palmblad voor op de motorkap.

Voor de kapel stonden ook de anderen. Weduwe Wehbold en mijnheer Pohling met zijn hoed, juffrouw Fantini, mijnheer en mevrouw Pfeifer en mijnheer Franke met zijn vrouw. Ze waren allemaal in het zwart gekleed en ze zagen er een beetje uit als de merels die 's ochtends in het bedauwde gras naar regenwormen zoeken.

Toen zag ik Michael Franke. Hij droeg een donkerblauwe broek, een wit zomerhemd met korte mouwen en een halskraag, zoals Martina gezegd had. Ik liet mijn moeder los, ging naar hem toe en strekte mijn hand naar hem uit.

'Het spijt me!' zei ik. 'Kunnen we weer vrienden zijn?'

'Ben je nog steeds zijn vriendin?' vroeg Michael Franke.

Ik beet op mijn onderlip. Ik besefte plotseling dat ik nu moest beslissen: 'die daar' blijven of meespelen. De geur van trekbommetjes of 'Schipper, mag ik overvaren?'.

Wat heb je aan een vriend die niemand kan uitstaan, moest ik weer denken en toen dacht ik: misschien hebben ze het allemaal bij het rechte eind, mijnheer Franke en mijn ouders. Misschien bestaan er wel geen kelderkatten, heksen of duivels.

Het dodenklokje luidde en luidde.

Ik wou nog maar één ding: erbij horen.

'Wat is er?' vroeg Michael Franke. 'Ben je nog steeds zijn vriendin of niet?'

'Nee, hoor!' zei ik hoofdschuddend.

Michael Franke pakte mijn hand.

'Goed dan, als het zo zit, dan maak je nu deel uit van mijn groepje.'

Plotseling dook Hansi Pfeifer naast ons op.

'Welk groepje? Waar hebben jullie het over?' vroeg hij.

'We hebben net vrede gesloten,' antwoordde Michael. 'Ze zegt dat ze niet meer bevriend is met de snotvreter.'

In de kerkhofkapel was het koel. Vooraan, naast de kist van opa Thiemann, brandden dikke kaarsen. De mensen hadden bloemenkransen met bedrukte strikjes om de kist gelegd.

'Lieve vader, schoonvader en opa, we zullen je nooit vergeten,' las ik. 'Je diepbedroefde kinderen.'

'Oorlogskameraad, je zult altijd in onze gedachten blijven,' las ik.

'Tijd om afscheid te nemen,' las ik. 'Je vrienden Gustav en Ewald.'

Ik zocht onze krans. Hij lag helemaal links. 'Rust in vrede,' las ik. 'Je buren.'

Juffrouw Fantini begon op het harmonium te spelen en vicaris Wittkamp betrad de kapel via een zij-ingang. Hij droeg een zwarte kazuifel, een wit bovenkleed en een lila stola. Op zijn voorhoofd glinsterden zweetdruppeltjes.

Op de voorste rij zat Martina Thiemann tussen haar ouders. Mevrouw Thiemann had ook een hoed op, net als mijn moeder. Alleen lag er over haar hoed een sluier om haar gezicht te verbergen.

Vicaris Wittkamp ging met zijn rug naar ons toe voor de kist staan en zegende opa Thiemann. Toen werden we gevraagd om het onzevader te bidden.

De kistdragers met hun witte handschoenen stonden op, namen de kist en droegen die naar buiten. Er waren zes mannen met witte handschoenen en Martina Thiemann en haar ouders liepen als eersten achter de kist.

We liepen voorbij heel wat graven en niemand zei een woord. Alleen het klokje luidde, het uiltje huilde en onze schoenen knarsten op de kiezelstenen.

Ze lieten de kist met opa Thiemann in een gat in de aarde zakken en vicaris Wittkamp zei: 'Stof bent u en tot stof zult u wederkeren.'

De fanfare speelde:

'Ik had een kameraad,
een betere vind je niet.
De trommel riep op tot strijd,
hij liep aan mijn zijde,
in gelijke tred.'

Iedereen zong mee en mijn moeder zong het hoogst en het hardst. Ik schaamde me een beetje in haar plaats.

Na de begrafenis dronken we koffie. Martina Thiemann zag er al minder bleek uit. Ze kon al weer giechelen.

Ze kwam zelfs naast me zitten.

'Vergeet niet dat je nu in mijn groepje zit,' zei Michael Franke tegen mij.

Hansi Pfeifer voegde eraan toe: 'We spreken morgen af onder het viaduct. Wees op tijd!'

'Ja natuurlijk!' zei Martina Thiemann. 'Net zo stipt als vroeger!'

We waren op tijd. We noemden hem manke teckel. Zo iemand was hij. Een spelbreker. Een slappeling. Een heel lelijk mormel.

Hij kon je zo besluipen, snuffelde alsmaar rond, wou altijd met ons meespelen.

Echt een manke teckel.

En zijn handen dan! Ze waren zo ruw als de klauwen van een grasparkiet. Met bloederig opengesprongen knokkels en afgebeten vingernagels.

Hij peuterde bovendien in zijn neus, waar hij ook liep of stond. Dan stak hij dat snot in zijn mond en at het op. Het maakte hem niets uit of iemand het zag of niet. Plotseling stond hij voor ons. Hij stond voor ons en spuugde op de grond. In zijn hand hield hij een dikke kei. 'Kom hier, brilslang!' zei hij tegen Hansi Pfeifer. 'We zullen eens zien wie er dan op zijn muil valt!'

Hansi Pfeiffer staarde hem aan. Ik zag zijn grote ogen achter zijn dikke brillenglazen.

Michael Franke wou opspringen, maar daarvoor had hij niet genoeg plaats. Voor hem dreigde het ravijn van de straat. Daar stond de teckel: een lijkbleek gezicht, woedende ogen, zijn lippen zo hard op elkaar geperst dat je alleen nog een smalle streep ontwaarde... en toen hief hij zijn hand met de steen omhoog...

Martina Thiemann moest giechelen.

Het was een giechelaanval zoals we die later vaak in de kerk kregen, Martina Thiemann en ik wierpen een blik opzij en we proestten het uit en stikten daarbij bijna in de doffe, plechtige stilte.

De honden waren gestopt met keffen. Ze jankten nu alleen maar. 'Etenstijd,' zei mijn vader altijd. 'Zie je nu wel hoe goed ze het hebben in het dierenasiel.'

Maar ook dat wou ik niet geloven.

De manke teckel begon te kuchen.

'Alsjeblieft niet gooien,' fluisterde ik. 'Alsjeblieft, Rainer, niet gooien!'

Hij keek me lang aan en toen hij een eeuwigheid later zijn arm liet zakken, deed hij twee passen achteruit. Hij stond nu op de smalle steunmuur. Onder hem lag de straat. Zes meter diep.

'Verraadster,' kuchte hij en hij keek recht in mijn ogen. Ik dacht dat hij zou springen. Dat mocht hij niet doen, omdat ik hem toch Rainer genoemd had en hij mijn vriend geweest was, mijn allereerste echte vriend.

'Hoor je nu weer bij hen!' kuchte hij. 'Ben je niet meer "die daar"!' Toen zei hij niets meer.

En toen liet hij de steen vallen...

Hij liep naar het einde van de steunmuur. Daar trok hij met zijn ruwe vogelklauwenhanden de brandnetels uit elkaar en verdween achter de hazelnootstruik.

Ik zag voor de laatste keer zijn rug en zijn smalle schouders. Als de muur niet achter me gestaan had, die ruwe, stenen viaductmuur, dan was ik weggerend en nooit teruggekomen. Nooit meer...